Novo endereço

Editor responsável
Eduardo Lacerda

Editores Assistentes
Amanda Vital, Andreas Chamorro, Diego Alves Amancio, Ricardo Escudeiro

Projeto gráfico e diagramação
Laura Daviña

Revisão
Ana Cecília Água de Melo

Gravura de capa
Fernando Vilela (sobre capa da primeira edição, com foto e concepção de Mario Rui Feliciani)

Fotografias para os poemas "Noite" e "Novo endereço"
Mario Rui Feliciani

Ilustrações para "Náufrago" e "*Sfumato*"
Renato Moriconi

Poema-objeto para "E vice-versa"
Ronald Polito

Administrativo e comercial
Pricila Gunutzmann

Expedição
Sheila Gomes

Catalogação na publicação
Elaborada por Bibliotecária Janaina Ramos – CRB-8/9166

W424n

Weintraub, Fabio

Novo endereço / Fabio Weintraub. –
3. ed. – São Paulo: Patuá, 2022.
104 p.; 12 X 20,5 cm

ISBN 978-65-5864-412-5

1. Poesia. 2. Literatura brasileira. I. Weintraub, Fabio. II. Título.

CDD 869.91

Índice para catálogo sistemático
I. Poesia : Literatura brasileira

Editora Patuá

Rua Luís Murat, 40
CEP 05436-050 São Paulo – SP Brasil
Tel.: (11) 96548-0190
www.editorapatua.com.br
editorapatua@gmail.com

Novo endereço

Fabio Weintraub

Obra vencedora dos prêmios
Cidade de Juiz de Fora (2001)
Prêmio Especial Casa de las Américas (2003)

PATUÁ
EDITORA

Sumário

Beaucoup de gens ne sentent pas avec toute
leur âme qu'il y a une différence du tout au
tout entre l'anéantissement d'une ville et leur
exil irrémédiable hors de cette ville.

Muitos não sentem com toda a alma
a diferença total que existe entre o
aniquilamento de uma cidade e o exílio
irremediável fora dela.

Simone Weil

para meu pai, Samuel Weintraub,
hóspede perplexo

Nota do autor

Esta edição comemorativa dos vinte anos de publicação de *Novo endereço* mantém o prefácio original, escrito por Priscila Figueiredo, a fotografia de Mario Rui Feliciani usada na capa das edições anteriores, de 2002 e 2004, e a seleção de poemas, na qual foi reincluído "O espelho", suprimido na segunda edição, e mantido "O sacrifício", ausente da primeira.

Entre as novidades, o leitor encontrará um novo prefácio elaborado por Eduardo Sterzi, "A paisagem do poeta", versão modificada de uma comunicação feita em 2005, em uma mesa-redonda na primeira edição da Flap! (festival de poesia alternativa ocorrido em São Paulo)[1], e o posfácio "Criar sobre cicatrizes", de Gustavo Silveira Ribeiro, que propõe, entre outras coisas, uma reflexão sobre mudanças no contexto brasileiro e no cenário da produção poética nacional nas duas últimas décadas.

Acompanham ainda os poemas ilustrações feitas por amigos convidados. A gravura da atual capa, de Fernando Vilela, baseia-se na da primeira edição e recria na linguagem da xilo um detalhe da foto de Mario Rui Feliciani, originalmente parte da série *Telas casuais* (1997), e que aqui passa a acompanhar o poema que dá título ao livro. No miolo, duas ilustrações de Renato Moriconi vêm junto dos poemas "Náufrago" e "*Sfumato*", e um poema-objeto de Ronald Polito dialoga com o meu "E vice-versa". Por fim, ao lado do poema "Noite", o leitor encontrará uma segunda foto de Mario Rui Feliciani, ponto de partida dos versos.

1 Evento organizado pela escritora Ana Rüsche e sediado no espaço teatral do grupo Satyros, na Praça Roosevelt.

Vale lembrar: há vinte anos, quando este livro surgiu, vários poetas praticavam, na esteira da proposta pós-utópica, tal como formulada por Haroldo de Campos em meados dos anos 1980, uma poesia "sem endereço", desterritorializada, identitariamente indeterminada, retradicionalista (evoco alguns termos empregados pela crítica[2] para se referir à produção do período). Hoje, em contrapartida, creio que é possível reconhecer como tendência dominante uma poesia fortemente *endereçada* e reivindicativa, marcada pela afirmação identitária de minorias oprimidas, ciosas de suas origens e raízes, empenhadas na defesa do pertencimento a determinados grupos, valores e tradições. Uma poesia que, no entanto, muitas vezes costuma cristalizar identidades hierarquizadas, por vezes sem margem para o múltiplo, nem para as trocas, reversões e hibridismos entre o próprio e o estrangeiro.

Em tal contexto, muito me alegraria que este *Novo endereço* oferecesse ao leitor, em vez da experiência de um endereçamento rígido, a percepção de que a mudança de endereço (a errância, o exílio) pode ser vivida não como obrigação e castigo, conforme se vê na ideologia neoliberal e conformista do sacrifício (da superação, da resiliência), tão disseminada nos dias que correm. Tal ideologia incita-nos a nos reinventarmos incessantemente, saindo de uma suposta "zona de conforto". Mas, como faz ver Martin Buber na citação que fecha o livro, o Egito e diversas formas de servidão se recompõem todos os dias. E muitas vezes sair do Egito pode equivaler a buscar para si e para o próximo, sem mais delongas, uma autêntica zona de conforto.

2 Penso especialmente nas ideias de Flora Süssekind e Iumna Simon expostas nos seguintes artigos: SÜSSEKIND, Flora. Desterritorialização e forma literária: literatura brasileira contemporânea e experiência urbana. **Literatura e Sociedade**. São Paulo: Departamento de Teoria Literária e Literatura Comparada, Faculdade de Filosofia, Letras e Ciências Humanas, Universidade de São Paulo, n. 8, 2005 e SIMON, Iumna. Situação de sítio. **Novos Estudos**, São Paulo, n. 82, nov. 2008.

Assim, a liberdade precisa ser continuamente reconquistada, em novos endereços, nos quais a hospitalidade civilize, a cidade acolha e o conforto já não seja privilégio, mas um direito universal.

Fabio Weintraub, setembro de 2022

Prefácio à primeira edição

Priscila Figueiredo

Neste livro estão unidas perspectivas que em geral aparecem separadas no panorama recente da poesia brasileira: intensidade lírica e reflexão social. Trata-se, porém, de um consórcio propiciado pelo que foi arruinado. E aqui soa a nota bem atualizada dessa poesia, pois é o fracasso, o forte sentimento de desagregação e exclusão, que secreta o enlace da subjetividade com o outro, ou melhor, com a vida popular. Acredito que é graças a esse enlace que a margem para a tagarelice e a idiossincrasia, para o ininteligível, bem como para a histeria da concisão, diminui consideravelmente em relação a muito do que se produz hoje em dia em literatura.

Devido àquele substrato comum, são muito marcados os paralelismos entre as peças de autoanálise, às quais juntaríamos os poemas de família, dos mais bonitos no livro, e as composições voltadas para o espaço público. Um exemplo: se o Eu vê comumente o próprio rosto em dissolução, um sem-teto, à margem do rio de carros, grita em delírio que é homem "até debaixo d'água". A individuação ameaçada de um é certamente afim à loucura do outro em se aferrar "aos tesouros da hombridade". Para ambos, na verdade, a hombridade virou coisa furtiva, mal entrevista no espelho, e talvez remota. E quando ela é afirmada categoricamente em alguns poemas, então entramos no terreno das psicoses, um tema do livro, junto com o alcoolismo. Nesse estado de coisas, uma verificação como a de Manuel Bandeira no poema sobre um fuçador de lixo – "O bicho, meu Deus, era um homem" – precisa ser reformulada: "Seja homem ou não/ este que afunda ou deriva/ ninguém tem nada com isso// nem mesmo este poema// (...) sinal de terra prometida/ e sonegada". A poesia, neste ponto da história brasileira contemporânea, é obrigada a se declarar como comparsa dos agentes de desumanização, pois o que ela poderia declarar ante o mar de enjeitados que se estende a perder de vista e ante a constatação, com poucas chances de se refutada, de que nada será feito para introduzi-los na terra firme dos direitos humanos? Impossível, por essa razão, o poeta agora declinar, como fizera Drummond num momento de precária confiança, "de toda responsabilidade/ na marcha do mundo capitalista. A mitologia do País do Futuro desmoronou, a poesia caiu em si no país do desemprego, como podemos constatar no poema "Pai", que é um verdadeiro nó na garganta, especialmente pela emersão muito lírica, ao fim, de um fragmento da infância: a cabeça de um menino no banco de trás de um possante Landau correndo por estradas "sem pedágio ou limite/ de felicidade" e guiado pelo pai, possivelmente mais seguro de sua dignidade porque tivesse acesso ao trabalho e à esperança.

Se o apreço futurista pela máquina e pela velocidade, presente nos quadrinhos que alimentavam a imaginação infantil, pode se converter em singela imagem de tempos mais felizes, também a poesia itinerante, tão praticada por Mário de Andrade, sofre aqui uma inflexão necessária e acaba por constituir um indício a mais do colapso social: os seres deste livro são *calcante pede*; por isso manquejam da perna, têm unhas encravadas, calos, calçados apertados e gastos, usam órteses, vão ao pedicuro, comem a própria pata. Os pés estão moídos, e têm de continuar seu percurso na cidade monstruosa. Percebemos a poesia do andarilho sobretudo nas entrelinhas, ou no seu resultado palpável: desconforto tremendo e mesmo mutilação física. Daí não estranhar a referência a situações de guerra, para as quais não parece haver trégua, a não ser aquela forjada por uma percepção meramente autista (ver "Do alto", em que o problema todo é colocado em termos de ponto de vista) ou pela indústria do lazer e do relaxamento corporal (ver o *ready-made* "Gerenciamento antiestresse", em que elementos do lirismo mais tradicional, como a água, o vento, os pássaros, o céu, a transparência, organizam uma peça de *kitsch* e assassinato). São casos que só vêm empilhar mais desumanidade, algo que é glosado pelos poemas de humor negro ("Manga", "Calçada", "Óvni" e, em certa medida, "Cadelas"), nos quais se sentem tremores expressionistas. Eles formam um outro núcleo no livro, coerente, no entanto, com os poemas de autorretrato e consciência do outro.

Novo endereço faz ver sobretudo a lição do Modernismo, especialmente Drummond e Bandeira. E isso por vários aspectos, dos quais se destaca o interesse pela realidade brasileira, cujo tratamento poético pode ser ora mais realista, caso em que o resultado não perde a gravidade, ora transfigurador. A riqueza vocabular e sintática, a seriedade da expressão, o rigor intelectual procedem decerto de Drummond e, em certa medida, de toda uma tradição mineira que recua ao Arcadismo. O sentimento de solidariedade e ternura parece também fecundado por Bandeira e Francisco Alvim. É este em especial que nos vem à mente quando lemos poemas como "Barrabás", "Por trás", "Do alto", "Gerenciamento antiestresse", em que Fabio Weintraub então se torna, para usar uma expressão de Cacaso, um "poeta dos outros", a quem cede a vez. Vemos então tomar a cena sujeitos e linguagens, estilizadas ou não, provenientes de várias classes sociais: seja a mulher de um taxista assassinado durante o expediente, a qual não quer o marido velado junto de um bandido – desejo este enunciado ora com delicadeza (lamenta pela juventude do moço e pela mãe), ora como uma última afirmação da própria "hombridade", de que não está excluída a humilhação dos parentes do outro morto; seja o vizinho ou amigo, apavorado com a fisionomia do assassinado; seja alguém de classe média ou ainda mais alta, que receita helicópteros e rudimentos de psicanálise para sobrevoar a entropia social.

É difícil demarcar a fronteira entre as influências literárias ou mesmo identificá-las com segurança, porque podem ser influências que que atuaram antes no leitor ou então escapam ao repertório deste. As assimetrias nesse caso são grandes, sem contar que muitas vezes literarizamos demais nossa relação com a literatura, tomando por sugestão livresca o que talvez seja bem outra coisa. De todo modo, o que aqui pode ser verificado é um vínculo geral com certa tradição literária local, o que garante aos poemas uma orientação diversa do que é feito segundo as modas.

Com relação à ternura, talvez valeria a pena ainda uma última observação: ela é em parte responsável por certa sensação de "antiquado" transmitida pelo livro, conquanto este seja feito de uma matéria tão brasileira e contemporânea, como procuramos indicar rapidamente. Sirva de exemplo o poema "Mais magro". É uma composição sobre a impossibilidade da bondade e da comunicação, um tema da ordem do dia, que no caso é localizado na esfera da amizade. Entretanto ela é inteiramente atravessada por bondade e ternura, sem nenhuma afetação. Essa vibração de humanidade num texto que termina com uma surpreendente nota de horror expressionista tem algo de obsoleto. E é disso precisamente que ela retira sua força e sua beleza única. Sem dúvida, esse obsoleto tem que ver com a feição classicizante desse poema (e de outros), com sua expressão límpida e cuidadosa, pois o ideal de clareza e comunicação entre os homens se tornou algo ultrapassado – tal como a solidariedade. É como se a forma meditada e circunspecta, com um sabor meio antigo a essa altura (ou melhor: modernista demais), significasse aqui uma aposta na bondade, que aguarda dias melhores e que, impossibilitada de se tornar tema, só pode se revelar numa certa vibração das palavras, se é possível dizer isso. Antes que indicar um desajuste com o conteúdo do poema, o que está em jogo é a permanência de um núcleo irredutível à miséria do conteúdo. Uma espécie de sombra que quem sabe um dia possa achar o seu corpo.

A paisagem do poeta

Eduardo Sterzi

Há, na maioria dos poemas de *Novo endereço*, uma tendência à narrativa e, portanto, à expansão temporal que, porém, logo se vê como que interceptada, menos pela intensidade lírica, que também há, do que por uma espécie de hiperconsciência do momento que, mais do que passar, afunda. Essa agnição da derrocada afeta também a circunscrição espacial dos poemas. Um rápido inventário das paisagens figuradas no livro deixa evidente como alguma interrupção acaba sempre se impondo às personagens e às suas ações, entravando também os versos: temos a *esquina* (em que o encontro de ruas não oferece, porém, nenhuma delas como saída); temos as *portas* ("como nós/ mendigas/ da passagem"; "portas de exílio"); a *calçada*, que, estranhamente, se move, mas apenas para, em seguida, "morrer" "no muro da praça deserta/ onde a fome devasta a fronte/ de um camundongo cego"; o *táxi*, cenário móvel subitamente imobilizado, em que o motorista é assassinado por um assaltante; o *canteiro central da avenida* em que um mendigo delira, gritando "Sou homem até debaixo d'água!"; hospitais; consultórios médicos e odontológicos; salões de beleza e de podologia; um ferro-velho; um ringue de boxe; a "saída do metrô" em que um menino vende lixas de unhas; a cama da prostituta.

Em todas essas imagens, acena-se com uma situação de aparente passagem, de aparente trânsito, que, no entanto, acaba se frustrando. Frustração que se adensa ainda mais, já sem mobilidade alguma, em outras paisagens do livro, como a *jaula* do zoológico em que o tigre come a própria pata ou como o *caixão* em que jaz o bandido morto pela polícia (e que, segundo exige a esposa do taxista assassinado num assalto e velado no mesmo ambiente, deve ser retirado do lado de seu marido). No fundo, temos aí, por todas as páginas, variações sobre a tópica do *exílio*, tópica que se enuncia explicitamente nas epígrafes inicial e final – e ainda, figurativamente, no título do livro, que é também o título de um poema que narra o reconhecimento de um novo apartamento, depois que o antigo foi deixado para trás. Com muita sutileza, nada é dito, pelo menos não neste poema, sobre os motivos da mudança, mas se anota: "Há uma dor qualquer na novidade/ um cheiro ruim misturado/ ao de tinta nova".

O exilado, em *Novo endereço*, não tem esperanças quanto a um possível retorno ao lugar de proveniência, até porque este lugar não existe mais como tal. O poeta – aquele que vive o próprio poema como um lugar de exílio, isto é, como um lugar a que ele não pertence totalmente, mesmo quando lhe serve de refúgio – sabe que a restauração do que foi perdido só pode se dar por meio da escrita e na escrita, e precisamente na medida em que sua escrita se compromete eticamente com a inconclusão e o inacabamento diante de qualquer aspiração à totalidade: se compromete, em suma, com o *meio do caminho*, este cenário por excelência da poesia brasileira contemporânea. O poema, afinal, é também, de acordo com a formulaçao que se lê em "Náufrago", "sinal de terra prometida e sonegada".

Nenhuma nostalgia nesta promessa, tampouco nesta sonegação: não se trata de falsificar o passado à luz do presente catastrófico, mas de honrar aquele passado que, pela mágica dos tempos verbais (isto é, pela exploração da dimensão movente da linguagem), se inscreve no poema, independentemente de explicitação gramatical, como *futuro do passado*, isto é, como exercício de imaginação e possibilidade. Honrar o passado – este passado – é algo que Fabio Weintraub faz principalmente por meio de uma eleição muito cuidadosa das palavras, o que fica evidente para quem já teve a oportunidade de ouvi-lo ler seus poemas, pela atenção quase religiosa com que ele premedita o peso a conferir a cada palavra antes de, enfim, proferi-la (tamanha atenção, pode-se supor, presidiu também a escrita). É este cuidado que diferencia o momento estético (o momento em que cada elemento do poema ocupa seu posto justo tendo em vista já a sua recepção) na poesia de *Novo endereço*: o momento estético, sem o qual o objeto artístico não vem à existência, mas que pode pôr tudo a perder na cosmética que o doura para o consumo, se torna, aqui, o momento da articulação, no presente da palavra e do verso, da imagem de um agravo passado com a imagem de uma redenção futura. Mas esta imagem de redenção imprime-se, no mais das vezes, *em negativo* no poema, ou, mais exatamente, para insistir na analogia fotográfica, *com falhas de revelação ou fixação*. Trata-se, em suma, de uma imagem dissolvente, que preserva sua latência (e seu ruído, sua interferência) mesmo na forma final.

É nessa convergência de imaginação e dissolução que o poeta, que é, por definição, um ser sem paisagem (não por acaso, durante séculos, até a modernidade, só lhe coube, com poucas exceções, a "paisagem ideal" da tópica), abre para si a possibilidade de compor sua própria paisagem, para além (ou aquém) do vínculo, que certa crítica transforma em exigência, entre *paisagem* e *país* – o poema valendo, aí, sobretudo como retrato do país, como acesso, ainda que por um viés parcial, a um todo que explicaria tudo, clarão que desfaz o enigma. Porém, conforme nos ensina a história semântica das duas palavras, o *país* que se inscreve na *paisagem* do poema é outro, uma imagem do não todo, uma imagem-enigma. Quando *paysage* surge em francês, em meados do século XVI, é com o significado que ainda hoje lhe conferimos no léxico da pintura, o da recomposição figurativa, por meio de técnica artística, de um lugar determinado: um *pays* – o território mais ou menos restrito de pertença originária e imediata, o torrão natal, etimologicamente o *pagus* (cuja forma original resiste em português como *pago*, significativamente, hoje, um regionalismo), e não a unidade geográfica e política mais ampla a que um sujeito nacional pode pertencer. Não se trata, porém, no poema, de elidir, de uma vez por todas, a entrevisão do *país* no sentido corrente, isto é, do *país que há* – e que, máquina iconopolítica, tudo engloba, na ilusão de totalidade da nação. Trata-se, isto sim, de preservar um espaço, ainda que mínimo, para a visão daquilo que o poeta português Ruy Belo chamou de "país possível" dentro do país tornado impossível.

Há um poema de *Novo endereço* que exemplifica perfeitamente esta possibilidade de composição de uma paisagem própria a partir da composição do texto poético e da re-composição de si pelo poeta. O título é "Pai"; e devemos lê-lo atentos ao jogo entre *país* e *pai* que o abre e atravessa, jogo que, em outra situação, talvez evocasse o nexo etimológico entre *pai* e *pátria*, nexo que, porém, aqui se inviabiliza pela traição do "país do futuro" ao pai – e ao futuro:

> Desempregado há três anos
> no país do futuro
>
> Batendo perna nas ruas
> com o mostruário de meias
>
> Adivinhando
> o signo da morena
> o ascendente da loira
>
> Jogando xadrez
> assobiando um samba
> colecionando borboletas
> descobrindo a fórmula exata
> da tinta para balão
> (tinta que não racha
> sobre a pele inflável)
>
> Contra as determinações médicas
> filando cigarro
> fazendo piada com a perna

que pode ser amputada
louvando as próteses modernas
dizendo que morre antes disso
que não vai dar trabalho
que some de casa
vai pro asilo

Meu pai de novo ao volante
guiando o negro Landau

O velho e bom batmóvel
rodando sem freio ou cinto
o vento de Gotham no rosto
minha cabeça no banco de couro

Meu pai cantando alto
limpo e bonito como só ele
numa estrada clara
sem pedágio ou limite
de felicidade

"Meu pai" – diz, aqui, aquele, o poeta, que já não pode dizer "meu país".

mãe

Então me informaram
que os pertences da paciente
– um par de brincos mais um colar –

deveriam ser retirados
pois há quem se fira
ou fira os outros
em tal estado

Minha mãe suplica:
precisa de talismãs
pra passar a noite fora de casa
Só assim ficará protegida
O Inimigo não a tocará

Expliquei-lhes que não era caso
para um tal rigor
minha mãe não era disso
só estava muito triste
e confundida

A funcionária assentiu a contragosto

Devolveram-lhe as bijuterias
assinei o termo de responsabilidade
e ainda pude ver os enfermeiros chegando
antes de ser forçado a sair

outro

Desejo enorme
de não ser este
portar outros gestos
vestir noutro dedo
o anel alheio
de ter outra casa
noutra cidade
assinar cheques
com outro nome
outra letra

Desejo
de outras sílabas
outros beijos
outra mão a afagar
outros cabelos
noutro espelho
outra barba
pontilhando o rosto
o queixo
sob outra luz

Outro cheiro
noutro quarto
sem cadeira
sob o nó da forca

sem o copo de veneno
lá em cima do piano
onde não pude ser alguém
coisa que se fixa
como ideia clara

Desejo de outro hotel
outra bagagem
e digitais rasuradas
como quem lava as mãos
e apaga
o fogo de quem foi

noite

Adormecido ao léu
na lomba da floresta
cedendo sob o céu
à tentação funesta

A cama na calçada
limite da sarjeta
e a testa hipotecada
nas fronhas do capeta

Embora haja vassoura
não é doido varrido
mas teme quanto agoura
seu sono dividido

No seco olho da rua
é cisco e não se move:
quem passa dá-lhe a pua
ou torce a ver se chove

calçada

Depois que ele
entrou no prédio
e fechou a porta
a calçada partiu novamente
a toda velocidade

Conduziu o vento
até a estação mais próxima
contornou cinco mendigos
e os respectivos cachorros
lavou o chão do último bar

Só foi morrer muito adiante
no muro da praça deserta
onde a fome devasta a fronte
de um camundongo cego

demolidora 3 irmãos

Vendem-se portas:

portas sem costas
portas na brisa
aleijadas
viúvas do esqueleto das salas

(e as maçanetas
são torneiras gotejantes
molhando mãos transtornadas)

Portas de exportação
portas de exílio ou transplante
ruínas móveis
à espera de novos reinos

(Quem se importa
se é outra a soleira
outros passos a cruzá-la
outra luz
riscando o batente?)

Portas sem postigo
portas de castigo
despalpebrada vista
fitando
os olhos da rua

Sobreviventes portas
desempregadas
junto às janelas
de joelhos
e como nós
mendigas
da passagem

por trás

O prato ainda sobre a mesa
(arroz com frango)
pra quando ele voltasse

Tinha era muita raiva
tanto que pediu
pra ele vender o táxi
deixar de rodar à noite

Pressentir é fácil
falta entendimento
bem que estranhou o fato
dele voltar duas vezes
parar na porta
olhar pra ela sem motivo

Alguém disse que no caixão
ele tava bonito
tava não

Repuxando o rosto
o tiro na cervical
varou a jugular
o esvaziou pela boca

barrabás

Vocês não podem velar
o corpo do meu marido
ao lado desse aí
que a polícia acertou

Vocês me desculpem
imagino o sofrimento
perder um filho assim moço

Meu Cícero
morreu trabalhando
um tiro pelas costas
às duas da manhã
ao lado do desse aí
o corpo dele não vai gelar

Não adianta insistir
ao lado de bandido
meu marido não fica

o espelho

(sobre conto homônimo de Guimarães Rosa)

O senhor releve
se me nos revelo
nesta hora má
se trebusco em zelo
sob a casca máscara
o caroço d'alma

O senhor releve
se garimpo a luz
dessa raça herança:
– é de um tio triste
este queixo duro
com que escarvo o ar?
de uma onça sonsa
esta luva falsa
que me esconde as unhas?

O senhor releve
se desconsidero
sob a lua lábil
as marés da face
se lhe mondo o rosto
d'algum resto incerto
de osga ou gastura
e o mais que franze ou sutura
os panos de nossa carne

O senhor releve
se me nos revelo
sem distração
se transbordo a água
de qualquer espelho
se a miragem mirro
e imprevejo a rosa
graças ao deserto

náufrago

Até debaixo d'água!
sou homem até debaixo d'água!
grita o vulto enrolado
em feltro e revolta
papelão e delírio
no canteiro central da avenida

A que água se referia?
quem o obrigara a andar sobre a prancha?
Por quanto tempo já
brigava com a onda
de carro e fuligem?

O náufrago se aferra
aos tesouros da hombridade
sem arca, sem mapa
nem garrafa que conduza
até a ilha mais próxima
sua palavra afogada

Até debaixo d'água...
o braço débil
hasteia o único gesto
mas não comove o tráfego
afeito a acidentes dessa sorte

Seja homem ou não
este que afunda ou deriva
ninguém tem nada com isso

Nem mesmo este poema:

ramo que falta no bico
da pomba que não regressa
sinal de terra prometida
e sonegada

do alto

O melhor ponto de vista
se obtém no helicóptero:
ver a cidade do alto

Da mesma forma
as pessoas
vistas de longe
num relance

Para entendê-las
bastam caretas
e a entonação variada
de alguns "huns" e "iiiis"

A neurose é uma perturbação
que não compromete
as funções essenciais
da personalidade

Se numa conversa
o sujeito leva
mais de dez segundos
mais de três frases
pra definir algo
desconfie:

está carente
ou mentindo

gerenciamento antiestresse

Imagine um córrego
Há pássaros cantando
e o vento fresco da montanha
no céu de um azul limpíssimo

Aqui nada pode aborrecê-lo
ninguém alcança esse lugar secreto
sem passagem para o mundo

A queda d'água
enche o ar de sons gentis
a água é transparência absoluta

Agora, sim, pode-se ver o rosto
daquele cuja cabeça
você comprime sob a água

ilha

Com três doses somente
a cinquenta centavos cada
faço um cruzeiro pras ilhas

Vou qual Noé no dilúvio
nalguma arca roubada
(todos os bichos sou eu
o domador está doente)

Minha cabeça é um búzio
onde as gaivotas cagam
sem que o mar cante

E a glicose, uma criada
com nádegas protegidas
demitida há poucas horas
sem cumprir aviso prévio

O Senhor é meu feitor
nada o aplacará

prometeu

O fogo roubado
não é senão
a branquinha humilde:
brasa solitária
entre os carvões da vida

A ira divina
é pouco mais
que a recusa do garçom
em servir
a enésima dose
fiado

O castigo
este sim
tem a grandeza do mito:
a cirrose vulturina
com a família nas garras
da Previdência

cinderela

Mesma esquina:
a velha enrola bobes
na imunda peruca

O batom transborda a boca
onde a prótese emprestada
oscila

Garis caçoam

Descalça e crédula
órfã de fadas
sorri-me a velha:

há bailes além do borralho

conspiradores

Conspiradores respiram o mesmo ar
em salas de teto baixo
Sépticos lábios ao pé do ouvido
punhos cerrados
entre volutas de cigarro
e convicções duras
sob a calça justa

Conspiradores mantêm a pira
acesa na ventania
o pavio de mão em mão
fio de sutil telégrafo
ou de lâmina introspectiva

Conspiradores com seus pescoços
roubam gume à guilhotina
fazem água pela barba

Entre Cila e Caríbdis
entre lobo e cão
conspiradores enfiam
o rabo entre as pernas

o calcanhar de vênus

Vênus vai à pedicure
remover o olho-de-peixe
e dois calos salientes
que a fazem claudicar
como seu marido corno

Na bacia com água
as unhas da deusa amolecem

A pedicure é podricalha:
não esteriliza os instrumentos
ainda arranca uns bifões

Vênus é muito discreta
geme baixinho, não reclama
gasta uma grana sentida
com excelentes gorjetas

Aproveita e pinta as unhas
com esmalte Colorama "Tarde de Sol"
conquanto seja
manhã de chuva

castanho

Depois da operação
minha letra continua bonita
Já não encontro
na gola do pijama, na fronha
as mesmas manchas escuras
Em compensação
o barbeiro não me cumprimenta mais
as pulgas desprezam meu cão

Descubro com tristeza
que a faxineira da repartição
me chama de "meu lindo"
por pura formalidade

Do outro lado da rua
os trens que passam
não sabem a cor do meu cabelo

e vice-versa

"Retração de gengiva"
me adverte o doutor
O molar superior
com raiz à mostra

A saia de carne
cada vez mais curta
menor o coldre
sobre a cápsula mordente

Escovar com menos força
é o que me sugere Dr. Miranda
A escova deve durar três meses
sem que as cerdas se abram

Segurar o cabo
com três dedos apenas
de leve
como quem segura
uma caneta

ferro-velho

Há dentes caídos no chão
e outros sinais
de intestina guerra:
molas manivelas
ponteiros no extravio
rolimãs sem sombra
de giro ou afã

Em câimbras
a balança não responde
ao mais leve inquérito
Cofres pedem falência
por falta de segredo

O ócio atreve gangrenas
sobre avulsas engrenagens
Tudo se esbarra
num difícil armistício

Mas o tempo alenta a luta
sem termo ou cicatriz
Postiça
a paz não pensa os cortes
nem estanca
a longa hemorragia
das ferrugens

pombos

Fábrica de guarda-chuvas de meu pai
No forro do sobrado
os pombos se aquartelaram

A qualquer hora do dia
mais alto que nossas Singers
unindo os gomos de *nylon*
se ouvia o arrulho dos bichos

Contra eles no entanto
meu pai jamais tomou providências

As costureiras seguiram cosendo
no esqueleto aramado
a flor de pano
rosqueando ponteiras
fixando os cabos em gancho

A certa altura cedeu
o forro de uma das salas
cobrindo o chão de excremento e pena

Tudo o que meu pai fez
foi fechar a sala
e arrumar a mercadoria
no espaço restante

Nunca desejei herdar o negócio
mas lamento que na época
não tivéssemos ao menos
um gato magro e disposto

o sacrifício

Por crueldade ou capricho
conservo este velho hábito:
recusar logo de cara
pra só depois consentir

Assim tentando evitar
a decepção de mamãe
por minha ausência à mesa
papai apela:

Imagine quanto sofrimento
Deus teria poupado a Abraão
se não esperasse
até o último instante
para desobrigá-lo
da morte de Isaac

Mas, pai, logo replico
não posso quitar uma dívida
contraída em meu nome por terceiros

Você invoca a história
equiparando-me a Deus
Nesta trama entretanto
se tiver de ser alguém
serei apenas Isaac

o tigre

No zoológico de Belgrado
o tigre que arrancou a própria pata
não se aposentará por invalidez
nem por tempo de serviço

Perante o coto lambido
os *flashes* metralhadoras
impedem qualquer pergunta
sobre a hora do acidente
ou seu exato motivo

Se foi pouca a ração
ou o estrondo do quinto míssil
na última madrugada
não importa
ninguém saberá

Indiferente às acusações
o tratador abobado
afaga a tigela vazia
entoa um *Lied* de Schubert

consortes

Um rei e uma rainha
e álcool canforado
nos pés doloridos
Um rei e uma rainha
e a lavadeira cega
sobre a nódoa
Um rei e uma rainha
e marceneiros confusos
ante avarias no leito
Um rei e uma rainha
e a pomba morta
no parapeito imundo
Um rei e uma rainha
e as alianças no aquário
as promissórias vencidas
Um rei e uma rainha
e a merda escura a montante
nas latrinas do palácio
Um rei e uma rainha
e drágeas de cinco tipos
pelas goelas casadas
Um rei e uma rainha
estátuas que a noite
contrai e perdoa

montepio

Inábil, quer arredondar
o canto da unha
dos dedos do pé

A maior dificuldade consiste
no dedão meio gorducho
com a unha abaulada

Cavuca que cavuca
esgaravata com afinco
mas não consegue remover
o fragmento teimoso
no canto esquerdo
do dedão direito

Inflamação, abscesso
o espinho imergindo na pata
manquejando os caminhos

Sem alternativa, vai ao podólogo
que recomenda o uso de órteses

Findo o suplício
olha o dedo envolto em gaze
como quem precisa da medalha
de um ferimento de guerra

blefe

Ante o semblante fechado
do médico com os exames
a inevitável pergunta:

E então, doutor
pode dizer
é um tumor, não é?

Breve suspense
antes da resposta
negativa e leniente

Inopinado, o desabafo:

Nem pra isso eu presto
Sou mesmo um blefe completo

pai

Desempregado há três anos
no país do futuro

Batendo perna nas ruas
com o mostruário de meias

Adivinhando
o signo da morena
o ascendente da loira

Jogando xadrez
assobiando um samba
colecionando borboletas
descobrindo a fórmula exata
da tinta para balão
(tinta que não racha
sobre a pele inflável)

Contra as determinações médicas
filando cigarro
fazendo piada com a perna
que pode ser amputada
louvando as próteses modernas
dizendo que morre antes disso
que não vai dar trabalho
que some de casa
vai pro asilo

Meu pai de novo ao volante
guiando o negro Landau

O velho e bom *batmóvel*
rodando sem freio ou cinto
o vento de Gotham no rosto
minha cabeça no banco de couro

Meu pai cantando alto
limpo e bonito como só ele
numa estrada clara
sem pedágio ou limite
de felicidade

sequência

Tudo se dá lentamente
sem sinais ostensivos
um dia esquecem
de trocar os lençóis
ou colocam a cama
rente à porta
em posição propícia
a esbarrões frequentes

Depois
por conta dalgum defeito
mandam o monitor pra manutenção
a cânula entra meio torta

Quem tiver paciência
verá a máscara de dor
armar-se sobre o rosto amado

Na hora certa
um enfermeiro franzino e rápido
cerca o leito com um biombo
preme a última seringa

Na casa dos parentes
o telefone toca

outro espelho

Lento desmaio
nesta água
vertical

Liso colapso
em que o olho derrapa
ante o vulto abrasivo

Na quina do quarto
a luz desavinda
dos lábios à testa

Meu rosto solúvel:
fenda
túnel

nula promessa

serviço completo

Porque a vida está tão unhas
o pequeno vende lixas
na saída do metrô

Quanto ganha
cheira à noite

na viagem de esmalte

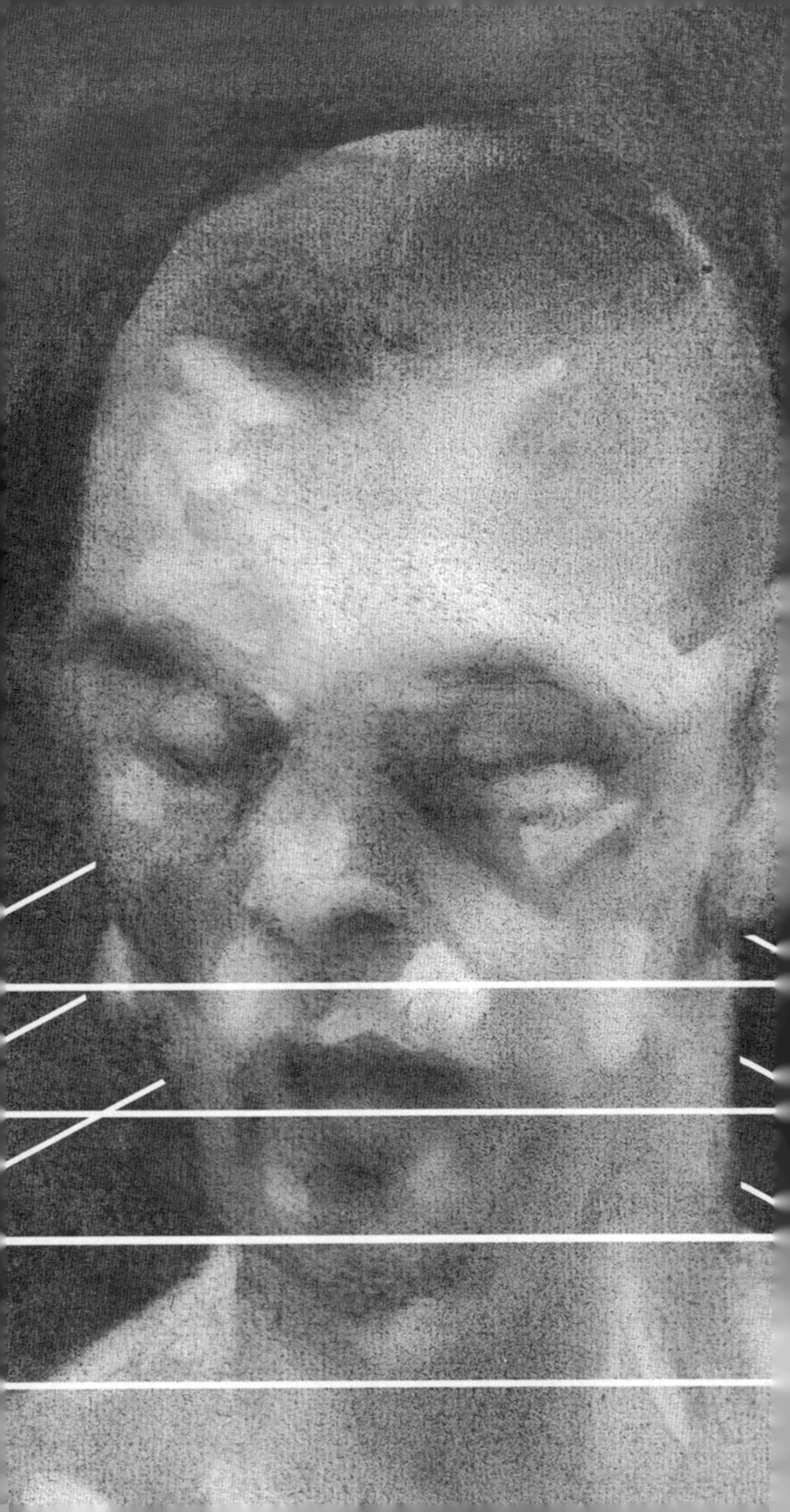

sfumato

Na pequena área do ringue
entre fiapos de corda
o esporão do *boxeur*
arranha a lona minada

Swing, jab, uppercut,
costela, baço, maxila
e a coleção de sequelas
no morse opaco do sangue

Ao fundo, o varal de luvas
pacatas peças de sangue
na geladeira de coices
(filés de raiva e gastura)

Luvas de proteção
onde as unhas se escondem
já que o estrago
não visa à polpa do oponente

mas seu caroço
o duro cerne de diamante
onde a luz bruxuleia
round após *round*

até que venha o tremor:
borrão na linha da ira

meus olhos

Os caminhos estão fechados

Há uma corda atando mundos
um cão fuçando a sombra
um porco na oquidão

Sou o soco nas costas do retardado
a órfã de castigo
o cego que aleijaram
pra completar o escuro

Sou a vampira que dá de mamar
o chiclete no cabelo da professora
o pirulito sobre o qual mijaram

Sou a raquete arrebentada
a omelete que não deu certo
o homem que se afogou no Canal da Mancha

Meus olhos se espalham
sobre a tua cara

óvni

para Roberto Piva

A caneta do meu amigo
tem um olho na extremidade superior
que se abre quando ele escreve
Não consigo ler

A dona da casa
radicaliza o decote
abre um riso vertical
cofia o terceiro mamilo

Na padaria em frente
o anão psicótico
suporta o pagode
junto ao mendigo de chifres

A propósito da cor de Marte
alguém lembra a Guerra Fria
fala do abduzido
devolvido após dias
com o fígado mais escuro
e um estoque de fraldas

Na noite passada
a luz de uma não estrela
me feriu sem que eu sentisse
Meu relógio perdeu dois
de seus trinta e seis rubis

manga

A manga chupando o cão
não deixou um só fiapo

Não era lua cheia
nem sentiam saudades
os ossos enterrados pelo cão
em pleno quintal
na noite anterior

A manga não era rosa nem espada
mas chupou
chupou o cão até o caroço

A manga era carlotinha
e recendia com violência
Machucadora, cheirava alto
derrubando os sentimentos do cão

A manga chupando o cão
jogou os dentes sobre o telhado
mas abriu toda a gengiva
sobre o meu peito

laboratório

Vamos brincar de cego?
você pergunta sob o vestido
A mão a postos
e o coração de bruços
sob o verão ereto
Teu seio me alfabetiza
mas perco a conta das sardas
se você ri no escuro
Lembra a feira de ciências,
a rã convulsa no soquete do abajur
para explicar a ação reflexa?
E você ri de novo,
esquecida da feira
mas atenta ao novo experimento.
Ai, doutor,
sinto uma dor aqui,
na quinta costela!
tordesilha que meu lábio aprende e viola

A terra gira em torno do sol
mas meu olho é ptolomaico

frescor

Como o sol bate de chapa
num muro branco em silêncio
e a saudade roça o queixo

Frescor de água em moringa
e um sorriso potável
com peixes no fundo

Frescor de estrela
ou dentifrício

Frescor de nata
ou pão novo
de semente boiando
na polpa jovem

A boca fala
do que está cheio o coração

contrabando

para Sérgio Gallo

Há ciência em dividir cama
com uma mulher grávida

Nos abraçamos de lado
ela me rouba costelas
e vira um barco
que eu reboco com medo

Como saber a latitude exata
de quem navega e dorme
dar nome à suave tripulação?

A alfândega cobra multa
por excesso de peso
Os papéis estão em ordem
Meu contrabando é inocente

Num porto bem próximo
alguém agita um lenço
em nossa direção

cadelas

Eu devia ter a mesma idade da prima:
seis, sete anos no máximo
Fomos juntas à vizinha
ver a ninhada recém-parida
a cria da vira-lata

Sete bolinhas de pelo
sete tufos de ternura:
três café com leite
dois brancos, um preto
e o derradeiro pintado
como a mãe

Sete eram, ficaram cinco
já que a vizinha
com toda nossa insistência
não teve como negar
dois cachorrinhos de empréstimo
para a tarde de folguedo

Duas primas, dois filhotes
e a tarde estendida à frente
como tigela de leite

Deitadas na cama da mãe
pusemos sobre os lençóis
os cãezinhos pequerruchos

no colo, na cabeça
entre as pernas
ah, entre as pernas
os focinhos gelados
nas pombinhas glabras

Eu mais a prima
o leite da tarde
seis, sete anos
a porta do quarto fechada
os cãezinhos sedentos
as calcinhas no chão

Fechada a porta do quarto
a cama imensa da mãe
os cães com seus focinhos
mamando nas pipitas
as línguas muito velozes
velozes e pequeninas
lambendo nas xixoquinhas
todo nosso
leite ninho

iniciação

A luz azeda dos copos-de-leite
lambe a cômoda vazia

Com gesto gasto
ela me conduz
ao dormitório público
e abre o corpo na cama
feito cidade-fantasma

Limpo me deito
para o abate:
a língua molusca
em meu sovaco invicto

quando acordar, eu me lavo

Contagem regressiva
após a retirada do membro
O líquido escorrendo
na cona em desmanche
O dinheiro sobre a cômoda
e alguma luz desfalcada
– Volte sempre, obrigada

ingaia ciência

Inerme
a vara encosta em teu seio murcho
Brisa nenhuma alisa a calva
que afunda em fronha engomada

Um cheiro a vinagre
sustenta a treva deste abraço
em que tua garra
ara meu peito liso
machucado de sementes

Quadris gagos
fazem a curta viagem
com passaportes vencidos

(e pensar que teu colo
era salvo-conduto
pra minha boca exilada!)

No quarto eterno
o muito barulho de nosso pouco esforço
cessa, vai cessar
com insuportável nitidez

limite da atenção

A umidade entope ampulhetas

Difícil supor
o curso das nuvens
no céu arranhado
ou mesmo sentir ao certo
durante o beijo ou depois
alterações irrisórias
nas comissuras dos lábios

A alma internada
sob a têmpora esquerda
desbota mais rápido
os cabelos deste lado

Ninguém vê a queda do pelo
no ovo de Colombo

Encosto o ouvido
no mapa-múndi
mas não distingo as batidas
de nenhum coração

novo endereço

Outra janela enquadra a rua:
barulho de carros, pessoas
No armário novo
outra porta se fecha
sobre a velha camisa
(virei o colarinho
e ele puiu novamente)
Sobre o sono leve
outra lâmpada se apaga
De outra torneira
sai a água para o copo
no pires com analgésico

Há uma dor qualquer na novidade
um cheiro ruim misturado
ao de tinta nova

Sem dono à vista
um cachorro dorme na calçada
A porta do elevador se abre
para a senhora de maiô e chapéu panamá
O zelador bebe durante o expediente
e na esquina contígua
o amolador de facas
oferece seus préstimos
toda quinta-feira

Já perdi o fio:
o rude esmeril
lambe-me o metal
sem fagulha ou grito

mais magro

Mais magro
meu amigo está mais magro
volto a encontrá-lo
dois ou três verões mais tarde
e chego mesmo a dizê-lo:
Você está mais magro
Problemas de intestino...
responde-me esquivo
... já estive pior, agora
voltei a engordar
Não peço detalhes
mas vejo o ombro mirrado
entre as alças da regata
Evito tocá-lo
pois a mera proximidade física
parece estranha agora
que meu amigo está mais magro

Novamente juntos
caminhamos pela orla marítima
Eu lhe recito algum verso
ele me ensina outro insulto
e há quase alegria de trégua
não fosse o fato
de ele estar mais magro

Se ainda ontem tocassem
os telefones insones
na barra da madrugada

e meu amigo dissesse
palavras de testamento
eu sairia correndo
para deitar-lhe compressas
na testa já repartida

Se fosse eu o afogado
dentro da onda invisível
de bílis, lua e silêncio
ele pagava o resgate
limpava o sal de meus cílios
me devolvia em segredo
sobre a toalha mais limpa

Mas hoje estamos exaustos
há um dreno em nossa bondade:
minha boca só tem dentes
e meu amigo
está mais magro

Disse o *maguid* de Kosnitz:
– Todos os dias deve o homem sair do Egito.

Martin Buber

Criar sobre cicatrizes

Notas sobre *Novo endereço*, vinte anos depois

Gustavo Silveira Ribeiro

Retornar agora a *Novo endereço* dá o que pensar. Desde este que é o segundo livro do autor, é seguro dizer que o grão de sua voz (cuja singularidade definiu-se nos poemas de 2002 e veio refinando-se, com expansões e variações, de lá para cá) coloca-se entre as poéticas de interesse no mundo lusófono. Vinte anos após sua publicação, como que numa temporalidade circular, parece que o instantâneo do real apresentado pelo livro se repete e atualiza. O cenário tantas vezes desolador que atravessa muitos dos seus poemas impõe-se novamente como paisagem dominante no Brasil: ferros-velhos multiplicam-se; famílias inteiras amontoam-se nas ruas, muitas delas recém-expulsas de suas antigas casas; doença e desamparo crescem e são mais uma vez as marcas de um tempo de crise e desagregação social. A visão de corpos transtornados, imagens tão comuns na poesia de Weintraub, é, mais uma vez, inevitável.

Depois de um período de crescimento econômico e redistribuição tímida da riqueza, tempo materializado em programas assistenciais de renda mínima e algum investimento em educação e infraestrutura, o país mergulhou em novo ciclo de destruição e autofagia, coroado, mais recentemente, pelos horrores – de escala planetária e de feições mortíferas muito particulares no Brasil – da pandemia da Covid-19. O empobrecimento geral, os preços em alta e a enorme massa de desempregados, além da violência urbana e dos apagões bastante simbólicos dos últimos anos do longo governo Fernando Henrique Cardoso

– matéria impura sobre a qual, num primeiro momento, ergueram-se os versos curtos e de corte seco, a miríade de imagens a um só tempo corriqueiras e terríveis (às vezes docemente nostálgicas) e a graça desconcertante da poesia de Fabio Weintraub – surgem de novo no horizonte, ganhando agora, no entanto, contornos ferozes.

Não se trata aqui de estabelecer, a partir de *Novo endereço*, linhas de continuidade precisas entre as práticas neoliberais desastrosas daqueles anos e a ascensão atual do fascismo que quer corroer por dentro a democracia e as instituições sociais brasileiras – avançando sobre as redes de proteção e de inclusão dos mais pobres em primeiro lugar. Nem mesmo estabelecer que os poemas são tão somente espelhos baços de um momento histórico conflituoso. A equiparação total entre esses anos é impossível, ainda que a sensação de um retorno espectral persista. Cabe assinalar certas diferenças essenciais, notando, de todo modo, como a poesia de Weintraub (em *Novo endereço* e nos livros posteriores) foi capaz de captar, em antecipação, o que antes eram latências e agora são traços determinantes da realidade brasileira e de boa parte das sociedades capitalistas.

Hoje não há mais, a rigor, trabalho: pelo menos não mais como no mundo da grande indústria e das conquistas dos direitos levadas a cabo pelos movimentos sociais desde meados do século XIX. As atividades dos serviços e os sistemas de produção temporários que se impuseram em seu lugar têm levado à precarização e à fragmentação extremas da vida, num processo de atomização que não parece ter fim. Cada indivíduo é, nos dias que correm, *empreendedor de si*, largado à própria sorte sem qualquer tipo de garantia; posto na informalidade, busca arestas no improviso, andando sempre na corda bamba: é o que se vê, de certo modo, no comovente "Pai", poema em que o contraste dos tempos desvela, por subtração, o desmantelo do presente. A guerra civil em curso no país não opõe mais apenas quadrilhas de traficantes de drogas (a parcela mais visível e brutal dos excluídos) e o aparato policial violentíssimo, com a população pobre de permeio. As águas turvaram-se. O crime organizado ascendeu e agora ocupa o coração do Estado, misturando até o indiscernível os limites instáveis entre a corrupção e as políticas da morte. O Princípio Esperança que, mesmo residual, abria-se como alternativa naqueles anos iniciais do novo século (e que está inscrito de modo direto no fim de *Novo endereço* pela citação colhida em Martin Buber, bem como, num paralelo evidentemente desigual, mas talvez por isso mesmo sintomático, na vitoriosa campanha presidencial de Lula) parece ter-se encolhido e crispado em cinismo e desencanto[1], talvez como a promessa de felicidade que, projetada idealmente em toda mudança, revelou-se frustrante e dolorosa como em tantos textos do autor, o poema-título deste livro em primeiro lugar. Há algo mais que se apresenta nesse contraste entre épocas, que poderia estender-se. Uma vibração nova reverbera e se acrescenta às angústias passadas. Reler *Novo endereço* é, de certo modo, difícil.

A persistência de um livro de poemas não se dá, como é evidente, apenas pela aderência de seus temas às urgências da *pólis*. É preciso, antes de tudo, que sua fatura poética seja capaz de escavar o tempo em múltiplas direções, dizendo alguma coisa sobre o passado e o futuro – tanto do mundo social quanto da própria poesia. Nesse sentido, voltar a *Novo endereço* duas décadas depois de seu lançamento e da premiação que o distinguiu no cenário latino-americano permite observar com cuidado certos mecanismos internos do livro, nos quais movimentam-se, bem incrustados, os sentidos históricos das formas ali dispostas.

1 Contribui para isso, sem dúvida, a emergência climática que naqueles anos não se afirmava do mesmo modo. Ela coloca o mundo num estado de apreensão e paralisia ao desvelar o tempo presente como uma espécie de lento apocalipse, cujo fim parece certo, mas cujos desdobramentos ainda são, pelo menos em parte, desconhecidos.

A leitura minuciosa que o livro faz de determinada configuração social (minuciosa porque sobretudo atenta às margens e aos resíduos, às personagens minúsculas do grande drama que se desenrola ao fundo) plasma-se, no corpo geral dos poemas, em usos muito particulares da linguagem coloquial e na invenção de vozes cheias de *pathos*. À fala comum, reelaborada com cuidado e alguma distância, e também à linguagem do comércio e da baixa publicidade que povoam os poemas vem somar-se a língua disruptiva da poesia, com seus deslocamentos semânticos, sua capacidade associativa e de surpresa. O poema "Demolidora 3 irmãos" é, nessa direção, exemplar: do verso inicial "Vendem-se portas", de formulação direta e vulgar, colhido certamente em anúncios espalhados pela *waste land* das áreas centrais de São Paulo, o poeta deriva associações que vão ampliando e dissecando, nas estrofes seguintes, a metáfora original sacada ao fraseado duro da cidade: a casa mutilada, antigo abrigo agora esquartejado à vista geral, do qual restou apenas a porta, e que será "despalpebrada vista/fitando/os olhos da rua", espaço de ruína e "transplante" (logo da inadaptação e do defeito), no qual o aleijão, a ossada e a loucura – imagens humanas e corporais da despossessão e da morte – revelam o sentido absurdo do que antes era apenas mais um anúncio vazio e uma oportunidade de negócio na destruição.

Nas vozes que se dispersam nos poemas, o lamento ou o ridículo individual está sobrecarregado de forças e sofrimentos muito mais amplos, ligados tanto à condição de classe das personagens quanto a remissões ao mito ou a elementos pulsionais. O dado teatral desses poemas multiplica as máscaras e afasta o confessionalismo e a expressão solipsista. Numa lírica profundamente humana e singularizante, afeita à observação da intimidade desde o ângulo interno ou a cena particular, o efeito de objetividade é notável. Verdadeiro paradoxo: quanto mais rente à pele (ou à alma) dos sujeitos a que se volta, mais impessoal, em certo sentido, a poesia de Weintraub vai ser. A estrutura paratática e muito enxuta da abertura de "Por trás" ilustra, talvez, essa mistura entre proximidade e distância. A rispidez de muitos versos contrasta fortemente com a perscrutação solidária (a escuta, se poderia dizer) do sofrimento da personagem, a força de comoção do olhar que se lança, junto ao da mulher, para o taxista morto em serviço. O tom frio da descrição final, algo aparentada ao relatório da medicina legal, só vem acentuar a ambiguidade: a objetividade dos termos anatômicos na última estrofe desfaz-se na imagem final, na qual o inusitado da construção verbal como que ecoa a tristeza (entre o desespero e a resignação) da viúva: "Repuxando o rosto/ o tiro na cervical/ varou a jugular/ *o esvaziou pela boca*" (grifo meu).

Novo endereço mantém ligação ativa com diversos momentos da lírica brasileira (mas não só) do século passado, a partir, principalmente, do *modus operandi* crítico com que a escrita dos poemas se faz. Numa passagem sutil pela tradição brasileira moderna que indicia leituras e pertencimentos, e assinala percursos singulares de afastamento e reinvenção, os textos de *Novo endereço* elaboram-se contra o pano de fundo da poesia brasileira contemporânea, reagindo (como parte da crítica, na esteira de Iumna Simon, já havia notado) a certo vezo abstratizante em voga no Brasil no ocaso do século XX. Do mesmo modo, o livro reativa poéticas àquela altura laterais, e que, para a maioria dos autores, não se ajustavam com facilidade. Basta pensar na curiosa síntese que faz Weintraub entre vozes muito diferentes entre si como o Roberto Piva, Duda Machado e Sebastião Uchoa Leite, sobre quem se falará, por um instante, mais à frente.

Apenas um exemplo da releitura sofisticada e livre que o poeta faz desses nomes: de Piva, Weintraub recupera o olhar cáustico sobre a cidade de São Paulo e sua fauna complexa e problemática. Sem se fixar nos versos longos e declamatórios, nem na afirmação nietzscheana da potência vital do desejo e da subversão, antes submetendo o caldo discursivo de *Paranoia* ao rigor do ajustamento cabralino, Weintraub, no entanto, retém dessa poesia algumas imagens desestabilizadoras e de discreto pendor delirante, nas quais está cifrada a loucura da cidade saturnina que devora sem cessar os seus filhos. A releitura de *Novo endereço* e da poesia posterior a este livro permite notar como a procura do autor não se orientava apenas na direção da expressão exata ou do ritmo preciso do verso, marcas de oficina e ateliê. Nos textos do livro estava posta também a retomada, talvez para toda uma geração de poetas, das possibilidades da experimentação em torno do poema político. A procura formal de Weintraub, como ocorre em tantos grandes poetas, nunca deixou de ser, a sua maneira, consideração crítica a respeito de outras poéticas afins, pertençam elas à tradição ou à cena contemporânea.

O Modernismo de 1922 e de 1930 é lembrança recorrente para os primeiros leitores deste livro, como evidencia Priscila Figueiredo, no prefácio à primeira edição, ou ainda Simone Rufinoni, em ensaio posterior. Bandeira e Drummond são as referências principais. Não há como negar a pertinência dessa observação. No entanto, seria impossível ignorar também que as epifanias eróticas e a defesa orgulhosa do lugar da poesia que marcam de modo indelével a obra de Manuel Bandeira dizem pouco ao poeta de *Novo endereço*, ainda que o aguçado e discreto apuro técnico no trato do verso seja um ponto em comum entre eles, bem como o interesse (de resto frequente em boa parte da moderna poesia brasileira, de maior ou menor calibre) por personagens desvalidas. Por outro lado, o profundo individualismo que subjaz à poesia drummondiana, cujo centro, mesmo no momento de mais intensa participação, é o eu e os seus dilemas interiores (nos quais o mundo social está arraigado e confundido), igualmente parece dizer pouco à poesia de Weintraub, cuja solução parece antes apontar para a despersonalização das múltiplas vozes e modos de subjetivação do que aos choques íntimos do eu que se retorce entre impasses.

A afirmação da responsabilidade do poeta e da poesia perante o real, obviamente, vai aproximar os dois autores, bem como a insistência com que ambos vão representar o esfacelamento de núcleos familiares. Para Drummond é o clã patriarcal e proprietário que se desfaz, deixando atrás de si culpa e ressentimento; para Weintraub, por sua vez, são as famílias pobres ou parcamente remediadas as que veem, pela falência ou pelo adoecimento, seus laços se estiolarem, esvaídos em dívidas ou lembranças dolorosas. A maldição e o clima fantasmagórico do poeta mineiro dão lugar ao mesquinho e ao ridículo das famílias disfuncionais de Weintraub. Assinalar essas disjunções, dentre tantas outras possíveis, talvez ajude a deslocar (sem negá-lo de todo) certo dispositivo de leitura do poeta. Parece-me mais produtivo pensar que a poesia de Weintraub, em vez de retomar e dar nova tração a elementos do alto modernismo, procurou seus embates fundamentais em outro lugar. Será na trama entretecida muitas décadas depois, no horizonte da poesia ligada à marginalidade e à contracultura, bem como na crise sem fim do capitalismo brasileiro, que se delinearão os processos que vão configurar, em tensão, os poemas do autor.

A estilização da oralidade típica do coloquial-irônico vai ganhar, em *Novo endereço* e nos livros seguintes, fortes traços dramáticos, o que atenuará, nos poemas, certa fetichização da linguagem das ruas, comum tanto na poesia dos anos 1970 quanto em poéticas contemporâneas de forte lastro naturalista. Weintraub parece querer manter-se equidistante delas, assim como preferiu colocar-se ao longe de certa dicção elevada e grave em voga nos seus anos de formação e estreia (a década de 1990), optando pelo traçado conversacional e satírico, além da virulência referencial. No entanto, o foco dos seus versos estará antes na transformação da linguagem coloquial do que em seu arquivamento – aqui, talvez, mais próximo do que procurou fazer Sebastião Uchoa Leite, que respondeu ativamente ao chamado da poesia marginal, estabelecendo com ela um diálogo tenso e ativo, no qual a agência do poeta se sobrepunha a qualquer tentativa de filiação ou deriva grupal. A capacidade de condensação e mistura de registros da poesia de Sebastião também parece relevante, bem como o caráter indiscernível que assumem a representação da violência, a especulação filosófica e a notação de caráter crítico ou metacrítico. O rigor na informalidade, o deboche pensante, o apreço pelo grotesco e pela decadência física são alguns dos elementos a aproximar os autores.

A miríade de vozes presente na poesia de Weintraub abre-se tanto ao monólogo dramático quanto aos recortes de falas alheias, reunidas e montadas com verdadeira inteligência crítica. Diferentemente, porém, do minimalismo de Francisco Alvim (com quem o poeta já foi mais de uma vez comparado, e com acerto), que depura retalhos de encontros e conversas cotidianas até reduzi-las à partícula essencial, seja da beleza insuspeita, seja da síntese ideológica que são capazes de oferecer, os poemas de Weintraub procuram acentuar o que há de narrativo e ficcional no texto poético, oferecendo molduras mais amplas que as propostas por Alvim. O poeta não é o que tem os ouvidos abertos ao inusitado e ao terrível que cantam ao seu redor: ele é o que cria cenas breves, faz movimentarem-se, num palco ao rés do chão, as personagens e as vozes que carreiam o instante lírico (ou o ataque antilírico).

O momento fixado em seus versos sugere tramas amplas, histórias complexas de que são pinçados apenas os instantes decisivos. E como na ficção, o estranhamento do real sobrepõe-se à sua repetição. A primeira peça do livro, "Mãe", entre tantas outras, é exemplar disso. Assiste-se à burocracia mover-se no ponto em que a despedida de filho e mãe vai se tornar difícil. A senhora está "muito triste/ e confundida", tendo de ser internada. O poema concentra-se nos seus enfeites, talismãs simples dos quais ela não quer se separar. Distantes, nesse aspecto, dos *objets trouvés* de Alvim, muitos poemas de Weintraub revelam, se tomados isoladamente, potencial dramatúrgico, se não mesmo romanesco. São vidas e destinos inteiros condensados, numa formulação que não demanda a montagem entre diferentes poemas para a configuração de uma trama qualquer. Cada um dos poemas traz em si, em germe, todo um continente submerso. O equilíbrio entre a suspensão do tempo determinada pela operação poética e o aprofundamento da perspectiva indicado pelo fio narrativo sugerido (que deixa abertos, como numa cena incompleta, o antes e o depois) é um dos elementos-chave aqui.

Como a crítica já destacou antes, a poesia de Weintraub vai nutrir-se na tradição moderna do estilo coloquial-irônico, produzindo versos simples e mordazes, atravessados pelo riso desconfortável e interessados, sobretudo, no mundo infraordinário das coisas comezinhas e dos anticlímax. Convivem na sua poesia recursos tradicionalmente poéticos, como a rima e certo cuidado métrico, com a consciência violentamente autocrítica da antipoesia. O verso livre, quase sem pontuação, vai de par com metros e cesuras que acenam ao controle de esquemas métricos e rítmicos de outras poéticas. O despojamento sintático de certos poemas vai se somar a uma precisão vocabular muitas vezes surpreendente, que busca no discurso científico e histórico os seus recursos.

Sem recorrer com a mesma intensidade ao antiilusionismo típico da desmontagem niilista dos antipoetas, Weintraub, no entanto, elabora em *Novo endereço* e em livros posteriores uma poesia de forte atração pelo chão, ainda que um lirismo concentrado, de emoção delicada e por isso mesmo muito intensa, aflore aqui e ali. Uma poesia regida por um apurado senso de gravidade, isto é, consciente de que é à terra que as coisas (os corpos, os poemas, a matéria do mundo, enfim, grande ou insignificante) devem inelutavelmente voltar. Ora num movimento brusco de queda e desarticulação – e são muitas as formas da queda neste livro – ora em dissolução lenta, cuja figuração pode ser tanto sôfrega quanto enternecida, tudo e todos em *Novo endereço* orientam-se para baixo. Evita-se o discurso grandiloquente, e apenas com fins satíricos o poeta mobiliza um imaginário elevado e de sentido altivo, como ocorre nos poemas "Do alto" e "Gerenciamento antiestresse", colocados lado a lado como pares temáticos – procedimento repetido algumas vezes no livro. Em textos como esses, a altura é tão somente o prelúdio do mergulho derrisório: a observação desinteressada e distante do comportamento alheio, reduzido a maneirismos e trejeitos codificados ("Do alto"), ou a promoção do assassinato como técnica de relaxamento recomendável (supõe-se) a executivos ("Gerenciamento antiestresse").

Neste ponto, a atração pelo chão, residem a força e a originalidade do livro, assim como é aí que a atualidade perturbadora dos seus poemas revela-se como "cápsula mordente", travo incômodo permanente que emperra tanto a poesia do cotidiano de fórmulas fáceis (que vem corroendo, já há décadas, certo espectro da criação poética no Brasil) quanto parte da poesia política que se esboça agora entre nós, preocupada antes em repetir ideias pré-concebidas (por justas que sejam) do que em criar poeticamente novas formas para a linguagem e para o real. Essa vertente da poesia política vincula-se a denúncias e prédicas altissonantes, mas está desligada da negatividade e do potencial explosivo (de beleza ou de mobilização) dos restos, dos cacos, dos refugos, humanos ou não, da sociedade pós-industrial. A fim de dar breve destaque ao compromisso com o mundo baixo (e ao estilo baixo) que na poesia de Weintraub tem lugar, propõem-se, a seguir, notas curtas em tornos de imagens ou sintagmas aglutinantes desse pendor para o chão.

Gangrenas, engrenagens

Homens e coisas confundem-se na poesia de Weintraub, irmanados pela preferência do poeta em fixá-los no momento de sua destituição fisiológica. À velhice e à degeneração provocada por enfermidades corresponde, em justaposição, a corrupção da ferrugem e do desmantelo. Os corpos abandonados em asilos e sarjetas ("Mãe", "Náufrago", "Noite", "Sequência", entre outros) são como *junkyards* ou lojas topa-tudo que se espalham no livro ("Calçada", "Demolidora 3 Irmãos", "Ferro-velho"): neles depositam-se os restos indesejados e de pouco valor, e ali, em suas dependências, vai começar o trabalho de liquidação final, dispersão última que a morte ou a reciclagem vêm fazer. A quase rima que se estabelece entre "gangrenas" e "engrenagens", na verdade um jogo anagramático proposto pelo poeta, não busca apenas a equivocidade sonora e visual que produz curto-circuito na percepção do leitor, alinhando palavras e sentidos distintos. A aproximação entre as palavras é fusional, e sugere o apodrecimento do mundo: irremissíveis, o tempo e o espaço conjugam-se em entropia. O homem enferruja e descasca, enquanto casas e peças mecânicas são mutiladas, perdem dentes, sangram. Alienação e humanização confundem-se, produzindo efeito poderoso de intercâmbio e comunicação.

Vênus anadyomène

Nicanor Parra uma vez disse que os poetas haviam baixado do Olimpo. Seguindo uma trilha tão antiga quanto a própria poesia lírica, e que terá nos raiares da Modernidade poética europeia lições exemplares em Charles Baudelaire e Arthur Rimbaud, Weintraub faz baixarem ao nível da rua e da pobreza sórdida, numa série de poemas deste *Novo endereço*, deuses e mitos. A própria inocência das histórias infantis também será pervertida, ainda que com doçura notável: a prostituta envelhecida de "Cinderela" perde quase todos os seus encantos, "órfã de fadas", mas mantém ainda o sorriso em desafio – a descida à terra da personagem não será, como se vê, uma maneira de pura degradação: o chão é também a medida última da alegria. Neste poema, como em alguns outros ("Prometeu", "O calcanhar de Vênus", mesmo "Conspiradores", em certo sentido), o poeta irá reafirmar ambiguamente o lugar e o sentido da queda: as ameaças e dores estão à espreita, sejam "os bifões" arrancados pela "pedicure podricalha" que maltrata os pés da deusa, seja o desamparo da família entregue às "garras/ da Previdência", que o Prometeu alcoólatra não vislumbra como castigo por roubar continuamente à cachaça seu fogo diminuto. No entanto, a mesma força que atrai ao solo é aquela que humaniza, pelo ridículo, os deuses e os portadores de segredos, tornando-os simples e mortais. A precariedade do humano, enfim, é a única métrica que interessa, e por ela são revistos mitos e personagens, restando a eles, tudo somado e tudo medido, um destino talvez menos terrível (posto que atravessado por algum desejo, orgulho e vaidade) do que aquele reservado a outras vidas presentes no livro.

Pequenas humilhações diárias

Escovar os dentes, não ter mais os cabelos, tentar desencravar a unha do "dedão meio gorducho". Atividades e situações corriqueiras abundam na poesia de Weintraub, muitas vezes configuradas de modo ambivalente: algumas vezes são a ponta da tragédia, deixando ver, nas dificuldades inerentes que passam a oferecer, o aspecto grave da despossessão de si a que foi reduzido um indivíduo. Outras, no entanto, são a faceta mais sarcástica dessa poesia que ora se solidariza com os desafortunados, ora deles se afasta pelo riso e pela ironia. É o que ocorre em "Montepio", "Vice-versa", "Castanho" e outros textos, nos quais o cuidado de si é grotescamente comparado às operações de guerra ou mesmo à escrita da poesia. Em ambos os casos, nota-se o efeito rebaixador do símile, que quer não só apresentar as vicissitudes laterais da doença ou da imperícia, mas também, e principalmente, recolocar as tópicas consagradas do sublime e da elevação estilística ao rés do chão, num exercício antilírico de grande efeito profanador, no sentido que Giorgio Agamben empresta ao termo: profanar é dessacralizar, restituir ao contato das mãos humanas, recolocar, em sentido político, as imagens, objetos e discursos (se se pode dizer assim) que antes estavam segregados pelo uso restrito e sagrado, o que equivale dizer engessado e preso ao lugar-comum: profanar a guerra e a poesia, assim como a saúde e o corpo, são formas de torná-los novamente matéria do pensamento e imagens sensíveis capazes de escapar ao torniquete do clichê e da banalidade.

Flor de pano

Num dos poemas mais tocantes de *Novo endereço*, o herdeiro de uma pequena fábrica de guarda-chuvas recorda como os pombos, essas pequenas aves pestilentas, foram capazes de lançar ao chão o teto de boa parte das instalações. 'Aquarteladas' no alto do galpão (a expressão militar confere maior ironia à cena), elas pesaram sobre as estruturas até fazê-las ruir, destruindo a capacidade produtiva e reduzindo o negócio a proporções ainda mais desvantajosas do que aquelas recebidas do pai, como dá a entender o sujeito lírico – ele que confessa, com tristeza, nunca ter desejado herdar a propriedade, sonhando para si, provavelmente, uma vida menos opaca. O lamento do patrão frustrado poderia apenas soar patético, não fossem as lembranças que as personagens principais do poema ("Os pombos") trazem em redes de associações, ou a figuração precisa da beleza simples e depauperada, mas nem por isso menos eficaz.

Os pequenos pombos do romance de Roberto Bolaño, *Nocturno de Chile*, devorados por falcões treinados para a predação impiedosa, repercutem indiretamente aqui, pelo menos para este leitor de vinte anos depois, bem como o ainda mais antigo *Uccellacci e Uccellini*, filme de Pier Paolo Pasolini, que opõe também pássaros e gaviões. Nesses dois exemplos persiste a sombra da tragédia, e as aves descolam-se do clichê religioso (segundo o qual são símbolos de concórdia e paz) e das infestações urbanas. De volta ao poema de Weintraub, se pode observar como as pombas indiciam a decadência da fábrica tanto quanto a apatia do pai, ambos acossados por forças muito maiores do que as suas parcas capacidades. A resignação do gesto paterno e a menção ao "gato magro e disposto" do último verso trazem toda uma carga melancólica e emotiva ao texto, dado o sentido de derrota miúda, mas irremediável, que vão simbolizar.

A "flor de pano" que as "costureiras seguiram cosendo/ no esqueleto aramado" é a tradução talvez mais feliz dos momentos de lirismo amargo que despontam nos poemas deste livro. Trata-se, é claro, de um lirismo menor, atado ao que é fugaz e humilde, objeto de nostalgia, uma vez que se relacionam, quase sempre, com o que está definitivamente perdido. A imagem da cabeça do menino deitada no banco do "velho e bom *batmóvel*", guarda, como uma fotografia perdida, as sensações de um tempo de plenitude encerrado. Exceções ao imaginário geral da perda são as expedições eróticas ao corpo amado de "Laboratório", ou ainda o exercício amoroso de "Contrabando", no qual se descreve como é duro e doce dividir a cama com um corpo grávido. Eles assimilam a beleza singela da "flor de pano", numa recordação bastante efetiva, para o leitor deste livro tantas vezes áspero, dos efeitos muito poderosos de um lirismo orientado para a terra e para o que nela pode crescer.

Ruínas móveis

A desolação dos que perderam tudo e ainda assim têm de continuar é uma das tônicas centrais, se não a mais relevante, dentre as que se esboçam em *Novo endereço*. A respeito de *Treme ainda* (2015), o poeta português Manuel de Freitas falou em "elegias exemplares". O diagnostico valeria igualmente para este livro. O poema que leva idêntico título, "Novo endereço", como já foi ressaltado pela crítica, aponta para a figuração de um exílio sem volta ou conciliação, no qual haverá sempre "uma dor qualquer na novidade/ um cheiro ruim misturado/ ao de tinta nova". Essa condição de perda esboça-se em quase tudo o que vai nesses poemas, refratando-se em diferentes direções. O tigre que devorou a própria pata (de fome, susto ou angústia em meio às bombas que caem na cidade de Belgrado numa noite de combates) convive atônito com a mutilação autoinfligida, ainda que inconscientemente, assim como o tratador que cuidava dele e agora não sabe mais o que fazer. Ambos estão destituídos de sua anterior inteireza, e essa condição fragmentária os definirá a partir daí. A guerra interceptou-os, o chão é o seu destino comum. Sua nova condição de existência pós-trauma é diminuída, impotente, aberrante: decaída, enfim.

O corpo maquínico da prostituta que não se lavará vai sendo dia após dia (é o que se sugere) despedido de suas energias, apenas reproduzindo um comportamento padrão. Reduzida a apatia e ao agradecimento convencional, a personagem como que perde um pouco de si a cada encontro. Essa lógica da perda poderia definir, em certo sentido, as mulheres que sobrevivem aos parentes mortos em "Por trás" e "Barrabás". Ambas, viúva e mãe, deixam algo de si nos caixões abertos que os poemas, de relance, apresentam. Os corpos que o tiro matou em serviço ou que "a polícia acertou" sufocam a vida que resta aos sobreviventes. As personagens e vozes a quem falta algo, que se arrastam para inventar o futuro ainda aberto, colocam-se como testemunhas de pequenas catástrofes, sujeitos (dotados ou não de linguagem) obrigados a suportar, num plano individual, o peso de uma história trágica irremissível. São os sujeitos com os quais procura falar a poesia de Weintraub, e a partir dos quais o poeta procura inventar a sua linguagem – uma linguagem ela também chã, de certo modo também arruinada, ainda que, em alguns momentos, capaz de encantamento e surpresa.

Sobre o autor

Acervo do autor

Fabio Weintraub nasceu em 24 de agosto de 1967, em São Paulo/SP. Graduou-se pelo Instituto de Psicologia da Universidade de São Paulo (USP), enveredando pela psicologia clínica de orientação psicanalítica. Após quase uma década trabalhando em consultório, passou a dedicar-se aos livros e à literatura, ganhando a vida como editor.

É doutor em Letras pela USP, com tese sobre as representações do espaço urbano na poesia brasileira posterior à década de 1990. Nessa mesma instituição, realizou pesquisa de pós-doutorado sobre a prosa de ficção de Hilda Hilst, autora que de quem já havia sido editor, publicando suas crônicas, peças teatrais, livros de poemas e o último romance *Estar sendo. Ter sido.*

Como editor, além de Hilst, publicou livros de escritores como Carolina Maria de Jesus, Moacyr Scliar, Ana Maria Machado, Glauco Mattoso, Roberto Piva, Donizete Galvão, Ricardo Rizzo, Ruy Proença, Tarso de Melo... e de autores estrangeiros como Blaise Cendrars, Luigi Amara, Carlo Frabetti, Shaun Tan, Alberto Pimenta e Angela Nanetti, entre outros.

Sua poesia já circulou em antologias na Espanha, nos Estados Unidos e no México, e seus livros *Baque* e *Novo endereço* foram publicados no exterior, o primeiro em Portugal e no México, o segundo em Cuba.

BIBLIOGRAFIA

LIVROS

Sistema de erros. São Paulo/SP: Arte Pau-Brasil, 1996. Prêmio Nascente USP/Editora Abril.

Novo endereço. Juiz de Fora/São Paulo: Funalfa/Nankin Editorial, 2002. Prêmio Cidade de Juiz de Fora. Prêmio Especial Casa de las Américas.

***Nueva dirección*/Novo endereço** (edição bilíngue, espanhol/português). Trad. Lourdes Arencibia Rodríguez. Havana/Juiz de Fora/São Paulo: Casa de las Américas/Funalfa/Nankin Editorial, 2004.

Baque. São Paulo/SP: Editora 34, 2007. Projeto contemplado pelo Programa de Ação Cultural da Secretaria de Estado da Cultura de São Paulo.

Baque. Lisboa: Língua Morta, 2012.

Treme ainda. São Paulo/SP: Editora 34, 2015. Projeto contemplado pelo Programa Petrobras Cultural. Finalista do prêmio Jabuti em 2016.

Falso trajeto: 50 poemas (1996-2016). São Paulo/SP: Editora Patuá, 2016. Finalista do Prêmio Literário da Biblioteca Nacional, em 2017.

Quadro de força. São Paulo/SP: Editora Patuá, 2019. Projeto contemplado pelo 2º Edital de Publicação de Livros na Cidade de São Paulo da Secretaria Municipal da Cultura de São Paulo.

Golpe (tradução para o espanhol do livro **Baque**, a cargo de Rodolfo Mata). Ciudad de México: Ediciones del Lírio, 2022.

PLAQUETES

Toda mudez será conquistada. São Paulo/SP: Massao Ohno Editor, 1992.

***Mentre no arribeu els bolquers*/ Enquanto as fraldas não vêm** (edição bilíngue catalão/português). Trad. Josep Domènech Ponsati. Sant Feliu de Guixols/ Espanha: Petits Furts, 2016.

Pequeno seminário sobre o dia de ontem. Juiz de Fora/MG: Espectro Editorial, 2018.

PARTICIPAÇÃO EM ANTOLOGIAS

Lição de asa. São Paulo/SP: Iluminuras, 1993.

Vila Lira Rica. São Paulo/SP: Cálamo, 1994.

Anto. Revista semestral de cultura, n. 3. Edição especial Brasil/Portugal. Amarante (Portugal): Edições do Tâmega, 1998.

Desnorte: Leituras poéticas em torno à obra de João Guimarães Rosa. São Paulo/SP: Nankin Editorial, 1999.

Alforja Revista de Poesía. Trad. Eduardo Langagne. México, n. XIX, inverno 2001.

Rattapallax: New Brazilian and American Poetry. Trad. Patricia Soldati and Macgregor Card. Nova York, v. 9, 2003.

Companhia de poetas. Org. José Alberto Pinho Neves. Juiz de Fora: Funalfa, 2003.

Paixão por São Paulo. Org. Luiz Roberto Guedes. São Paulo: Terceiro Nome, 2004.

Antologia comentada da poesia brasileira do século XXI. Org. Manuel da Costa Pinto. São Paulo/SP: Publifolha, 2006.

Noah/Noaj. Org. Berta Waldman e Moacir Amâncio. São Paulo/SP: Humanitas, n. 16-7, 2007.

Traçados diversos: uma antologia da poesia contemporânea. Org. Adilson Miguel. São Paulo/SP: Scipione, 2009.

Roteiro da Poesia Anos 90. Org. Paulo Ferraz. São Paulo/SP: Global, 2011.

Poesia.br: 1990. Org. Sergio Cohn. Rio de Janeiro/RJ: Beco do Azougue, 2012.

A nova poesia brasileira vista por seus poetas. Org. Fabrício Marques. Edição Especial do *Suplemento Literário de Minas Gerais*. Belo Horizonte/MG: Imprensa Oficial do Estado de Minas Gerais, maio 2013.

Alguna poesía brasileña: antología (1963-2007). Org. e trad. Rodolfo Mata e Regina Crespo. México: Universidad Autónoma de México, 2015.

A extração dos dias: poesia brasileira agora. Org. Gustavo Silveira Ribeiro. Curitiba. **Revista Escamandro**, out. 2017. Disponível em: https://escamandro.files.wordpress.com/2017/10/a-extracao-dos-dias-poesia-brasileira-agora-org-gustavo-silveira-ribeiro-escamandro-2ed.pdf. Acesso em: 28 set. 2021.

Antologia primata. Org. Luís Perdiz, Macaio Poetônio. São Paulo/SP: Editora Primata, 2018.

Encontros com a poesia do mundo II/ *Incontri con la poesia del mondo II*. Antologia de poesia bilíngue português-italiano. 1. ed. Org. Alexandre Pilati, Solange Fiuza, Vera Lúcia de Oliveira e Wilson Flores. Goiânia: Editora da Imprensa Universitária, 2018.

Simultâneos pulsando. Uma antologia fescenina da poesia brasileira contemporânea. Org. Fabiano Calixto, Natália Agra. São Paulo: Corsário-Satã, 2018.

A resistência dos vaga-lumes. Antologia brasileira escrita por LGBTQs. Org. Cristina Judar e Alexandre Rabelo. São Paulo/SP: Editora Nós, 2019.

Navegar Chicago. Org. César Braga-Pinto e Leonardo Tonus. São Paulo/SP: Editora Nós, 2021.

ALGUMA CRÍTICA

ANDRADE, Fabio Rigatto de Souza. Trinca de poetas (Fabiano Calixto, Fabio Weintraub e Ruy Proença). **Folha de S.Paulo** (Ilustrada), São Paulo, p. E-2, 24 nov. 2007.

BOSI, Viviana. **Apresentação a *Sistema de erros***. São Paulo/SP: Arte Pau-Brasil, 1996.

BUSATO, Susanna. Poesia em trânsito: rotas e endereços do labirinto do poema contemporâneo. In: MOTTA, Sérgio Vicente e BUSATO, Susanna (orgs.). **Fragmentos do contemporâneo**: leituras. São Paulo/SP: Cultura Acadêmica, 2009.

BUSATO, Susanna. O espaço urbano como construção poética do sujeito. **Estudos de literatura brasileira contemporânea**, n. 45, p. 85-101, jan./jun. 2015.

CAVALCANTI, Jardel Dias. Fabio Weintraub, poesia em queda livre. **Digestivo cultural**, 9 ago. 2011.

CODINHOTO, Diego Jesus Rosa. **A experiência do choque na poesia de Fabio Weintraub**. Dissertação de mestrado. Universidade Estadual Paulista, Instituto de Biociências, Letras e Ciências Exatas. São José do Rio Preto, 2012.

DUMAS, Gustavo. A estirpe baqueada de Fabio Weintraub. **Algo a dizer**. Edição 12, set. 2008.

FIGUEIREDO, Priscila. **Apresentação a *Novo endereço***. Juiz de Fora/São Paulo: Funalfa/Nankin, 2002.

FREITAS, Manuel de. **Orelha para *Treme ainda***. São Paulo/SP: Editora 34, 2015.

GUERREIRO, António. Nota sobre *Baque*. **Jornal O Expresso**, n. 2062, 5 maio 2012.

KEHL, Maria Rita. **Orelha para *Baque***. São Paulo/SP: Editora 34, 2007.

LIMA, Manoel Ricardo de. No mesmo outro lugar (sobre *Novo endereço*). **O povo**, Fortaleza, p. 8, 27 ago. 2003.

LIMBERTI, Lucas Luciano. **Baque poético**: os tipos, as vozes e o caos na lírica de Fabio Weintraub. Dissertação de Mestrado. Departamento de Teoria Literária e Literatura Comparada da Faculdade de Filosofia, Letras e Ciências Humanas da USP, 2022.

MATA, Rodolfo. La nueva poesía brasileña y la realidad social. **Literatura e Sociedade**, São Paulo/SP, n. 18, p. 14-45, mar. 2015.

NUERNBERGER, Renan. **Escrever os tiros?** Posfácio para ***Quadro de força***. São Paulo/SP: Editora Patuá, 2019.

OLIVEIRA, Nelson de. Entre os anjos e os demônios do nosso cotidiano (sobre *Novo endereço*). **Jornal do Brasil** (Caderno Ideias & Livros). Rio de Janeiro/RJ, p. 4, 22 jun. 2002.

PAES, José Paulo. Boletim de saúde (sobre a poesia de Ruy Proença, Fabio Weintraub e Roberval Pereyr). In: **O lugar do outro**: ensaios. Rio de Janeiro/RJ: Topbooks, 1999.

PEDROSA, Célia. Poéticas do olhar na contemporaneidade (sobre Paulo Henriques Britto, Eucanaã Ferraz e Fabio Weintraub). **Literatura e sociedade**. São Paulo/SP, n. 8, p. 82-103, dec. 2005.

PINTO, Manuel da Costa. Fabio Weintraub. **Literatura brasileira hoje**. Coleção Folha Explica. São Paulo/SP: Publifolha, p. 75-77, 2004.

PUGLIESI, Lucas Bento. Por um leitor impotente: ao redor do novo livro de poemas de Fabio Weintraub. **Mallarmargens**: Revista de Poesia e Arte Contemporânea, 10 mai. 2016.

RUFINONI, Simone Rossinetti. Desvalimento e suicídio: aspectos da lírica de Fabio Weintraub. In: RUFINONI, Simone Rossinetti e REDONDO, Tércio (orgs.). **Caminhos da lírica brasileira contemporânea**: ensaios. São Paulo/SP: Nankin, 2013, p. 51-66.

SALGUEIRO, Wilberth. "Fotografia", de Fabio Weintraub. **Jornal Rascunho** 195, jul. 2016.

VIEIRA, Maurício Baptista. Reencontro no escuro: uma leitura de 'Mais magro' de Fabio Weintraub. **Revista Sebastião**, v. 1. São Paulo: Sebastião Grifo, p. 109-11, dez. 2002.

ZACCA, Rafael. Desolação e analogia (sobre *Treme ainda*). **Jornal Rascunho**, n. 191, mar. 2016.

ALGUMAS PARTICIPAÇÕES EM VÍDEO

Programa Entrelinhas (TV Cultura). Entrevista concedida a Ivan Marques, veiculada em 13 de abril de 2008. Disponível em: https://www.youtube.com/watch?v=ptDhmbqSy8M&t=1s. Acesso em: 27 nov. 2022.

Programa Nossa Língua (TV Cultura). Entrevista concedida a Felipe Reis, veiculada em 20 set. 2009. Disponível em: https://www.youtube.com/watch?v=8Tidg2bE9cs&t=355s. Acesso em: 27 nov. 2022.

Casa das Rosas / Centro de Apoio ao Escritor (CAE). Relatos de ofício. Entrevista concedida a Reynaldo Damazio, veiculada em 23 mar. 2016. Disponível em: https://www.youtube.com/watch?v=LiRycMjg2rk&t=435s. Acesso em: 27 nov. 2022.

Sala de leitura. Um brinde à poesia de Fabio Weintraub. Entrevista concedida a Fabiano Fernandes Garcez, veiculada em 30 set. de 2017 (parte I) e em 9 out. 2017 (parte II). Disponível em: https://www.youtube.com/watch?v=QQg6a2QBvz4&t=370s. (parte I) e https://www.youtube.com/watch?v=pmt5X4jQqYc&t=2194s. (parte II). Acesso em: 27 nov. 2022.

Instituto de Estudos da Linguagem da Unicamp. Aula "Poesia e transgeneridade", ministrada em 8 maio 2018. Disponível em: https://www.youtube.com/watch?v=nwgJKY_7s_U&t=920s. Acesso em: 27 nov. 2022.

Agradecimentos

A publicação deste livro só foi possível graças a uma campanha de financiamento coletivo da qual tomaram parte os apoiadores a seguir indicados. A eles agradecemos de portas abertas, mesa posta e coração erguido.

Adriana Ramos, Alberto Pucheu, Alexandre Guarnieri, Alexandre Staut, Alexandre Vidal Porto, Amara Moira, Ana Laura Prates Pacheco, Ana Martins Marques, Ana Paula Pacheco, Ana Paula Pires da Silva, Ana Rüsche, Ana Tereza Marques de Souza, Andréa Catrópa, Anna Flora Ferraz de Camargo Coelho, Antonio Alexandre Faccioli, Antonio Carlos Secchin, Ariane Viana, Arthur Lungov, Beatriz Grellet, Beatriz Oliveira, Betina Bischof, Bruna Beber, Bruno Boti Bernardi, Bruno Eliezer, Carlos Eduardo de Abreu Boucault, Cecília Furquim, Celia Pedrosa, César Braga-Pinto, Cesar Garcia Lima, Chantal Castelli, Claudia Abeling, Cláudia Carvalho Neves, Cláudio de Carvalho Rossi, Cláudio Giordano, Cristina Catalina Charnis, Cybelle de Lima, Danilo Rodrigues Bueno, Debora Alexsandra Rajner, Denis Joelsons, Diana Junkes, Diego Jesus Rosa Codinhoto, Diogo Cronemberger, Eduardo Viveiros de Castro, Eduardo Rascov, Eduardo Farsetti, Eduardo Sterzi, Eliana Perini, Ester Krivkin, Fátima Aparecida de Morais, Franklin Valverde, Frederico Nercessian, Gabriel Arcanjo Santos de Albuquerque, Gabriela Lopes de Azevedo, Gilberto Tomé, Gilles Eduar, Giselle Marangon de Moraes, Guilherme Amorim Rocha, Guilherme Gontijo Flores, Guilherme Seto, Gustavo Scudeller, Henry Lederfeind, Humberto Pio, Ieda Lebensztayn, Isabele Lemos Carestiato, Ivan Jaf, Ivan Marques, Ivo Minkovicius, Ivone Sampaio Parente, Jeanne Callegari, José Antonio Homem de Montes, Josoaldo LIma Rego, Jurandir Malerba, Laura Livia Calabi, Leïla Danziger, Leila Guenther, Leo Temple, Leonel Delalana Jr., Leusa Araujo, Lia Baraúna, Lilian Escorel, Lilian Starobinas, Leonardo Gandolfi, Luciana Coronel, Luciana Den Julio, Luciana Marques Ferraz, Luciano Camargo, Luis Guilherme Coelho Mola, Luís Perdiz, Luis Vassallo, Lyslei de Souza Nascimento, Marcelo R. S. Ribeiro, Marcia Leite, Marcílio Ribeiro de Godoi, Margareth Santos, Maria Betânia Amoroso, Maria da Anunciação Rodrigues, Marina Gugliotti Pestana, Marina Miyazaki, Mario Augusto Ferreira Koyama, Marisa Roberti Proença, Maristela Debenest, Marta Lagarta, Matheus Barreto, Michaela von Schmaedel, Michele Roman Faria, Micheliny Verunschk, Moises Sales do Nascimento, Natalia Borges Polesso, Natalia Timerman, Nilma Lacerda, Odilon Esteves, Paulo Candido de Oliveira Filho, Paulo Eduardo Bittencourt, Paulo Fernando Pereira de Souza, Paulo Ferraz, Pedro Meira Monteiro, Pedro Mohallem, Priscila Figueiredo, Rafael Zacca, Renan Nuernberger, Rene Lenard, Rita Jover-Faleiros, Rômulo Neves, Ronald Polito, Rosa Mattos, Rose Spina, Rudá K. Andrade, Ruy Afonso Proença, Sacha Band, Sérgio Alcides, Sergio Bento, Sílvio Ferraz, Sílvio José Pedro, Simone Rossinetti Rufinoni, Sonia Rabello, Suzana Montoro, Tarcisio de Souza Lima, Tarso de Melo, Tatiana Eskenazi, Telma Scherer, Tereza Amorim Costa, Tobias Vilhena de Moraes, Valéria Vaz, Vera Rodrigues, Vitor Cei, Viviana Bosi, Zeco Montes, Zeh Gustavo.

Este livro foi composto com as fontes Ortica e Swift Neue, impresso em papel Pólen Bold, 90g/m², pela Graphium Gráfica e Editora, em dezembro de 2022, aos vinte anos da morte de Samuel Weintraub (1936-2002). Tiragem: 350 exemplares.